鞦韆

ぶらんこの歌

井上傳路

Inoue Denji

文芸社

●目　次●

遠景

中津で開闢《かいびゃく》以来のトーキーだった
『上陸第一歩』だった
厳重な中学校の監視の眼を潜《くぐ》って
たった一軒の映画館で
同じ町内の顔パスを利用
厚かましくも、何回かのタダミも入れて
計八回、同じ映画を繰り返し観て
せりふの一言一句も間違えず
ノートに記録してしまった
豪傑、映画少年もいた

シベリヤの俘虜《ほりょ》になって

向うの将校をちょろまかして
別の仲間のなかに同級生を発見
懸命に右翼思想からの転向を偽装させて
辛うじて無事に
帰国を果した
講道館三段もいた

夜毎、沖台平野の晴れた夜に
星影を仰いでは
高価な反射天文望遠鏡でぬすみ見していたが
のちには
日本一の、詳細な星図を著した
医者の道楽息子もいた

みんな、今でも
仲の良い

大正デモクラシーのなれの果ての
そのまたなれの果ての
生き残り組ばかり

昏れかけて厠《かわや》に立つ
小窓の遠景で
朱《あか》富士の天辺《てっぺん》が
薄暗がりに溶けかけている……。

ハラノール物語

第一部

私の、ハラノール　よ
未だに、私から脱けだそうとはしない
私の中の、ハラノール　よ

思うに、私の、ハラノール　なのか
遠い、ハラノールの私、なのか、もう

遠くなって終《しま》ったけど、確実に、正しく
今の、この、此処《ここ》に生きてる私、私の居た
あの、ハラノール

ハラは、意味不明
ノールは、湖と云う言葉らしい

現在は、正確には、中国、内蒙自治区
北部、最西端は、その町の名、満州里から
遥かに離れて、南の方へ幾十里の丘陵一帯

その儘《まま》、地続きの隣町は、ソ連の田舎町
名だたるホロンバイル大平原は
広漠無辺の草原、砂漠の、なだらかに波打つ
無数の丘にとり囲まれた盆地の底
これが、それこそ白塩ばかりを湛《たた》える塩湖で
ハラノール湖と呼ばれてたので
付近の地名の由来となっていたのだ

此処《ここ》が、此処が、私、地球上、最北、最西の極み

あの天竺にも通じていたんだ

満軍の興安軍騎馬隊の一個分隊
日軍は満州里からの歩兵一個分隊
とある丘上は、二つの天幕
警備は、日満の混成、工事は日軍
時間交替しながらの、共同国境警備
私、歩兵一等兵（ホヤホヤの新兵）
満軍の最新兵は、ラマ僧から転職の
加木舎冷《チャムスル》
二人共、涙ぐましい程の仲良しだった

私は、炊事兵助手
丘の下の湖岸の低地
隣の丘の斜面から泌み出る真水を
小さい箱穴に溜めたのだが

この度、初めて正式の井戸(と呼んでた)を掘ることになって
天幕から一里ほど斜面を降りて行かねばならない処
飯盒六個を昼毎、天秤棒で運ぶのは
何と私新兵のやくめ、ほんに、きつかった

真水の井戸は、深さ、三ないし二尺半、程度
大きさ、とて、略二尺ほどの正方形に近かった、と記憶してるが
軍が派遣の技官の指示どおりの工事は、どんぴしゃり
全員大喜びだった

夜は、約二里よりは遠かったかも知れないが
向う側にソ連の町の灯が、チラホラ
(あちらの夜の市民生活も想われた)

どっこにも、国境線の筋なんて在りもしないのに
風だって、雨だって、野鹿《ノロ》だって

往来自由の地面と云うのに……

第二部

あれは、そんな思いの、あの朝のこと
ああ、あの朝の、あの一瞬は
忘れようにも、忘れられようもない

私は、私は、本当の自分でいたのだろうか……

突然だった、炊事小屋で、板塀の隣に居た古兵が指さして何かを
大きい声で叫んだ
私は、それこそ、久しぶりに人間の声、それも大声が聞えて
ビックリギクッとして、その指さす遠方を振り向くと

あの青空の下、遥かな北の彼方の丘の稜線に近く、薄黒い黒点みたいな
虫みたいなものが、一つ、二つ、この眼に飛び込んできたんだ
本当だっ、蠢《うごめ》いてる、動いてる、しかも、少しずつだけど
此方《こなた》に近づいてる
その証拠に、ほんのチョッピリずつ、段々、大きく
濃い黒色になってきてるんだ
古兵は笑ってた、私は、私は、私は驚いていた
いつか聞いてたことを成程と、やっと納得していた

やれやれと、安心してた

一週間には一度、食糧運搬車が、かならず満州里の本隊から、飲み水
雑用水から生活品一切、紅生姜から加給品まで
有難いことだった、長い荒野の電柱線沿いに
粛々と、黙々と、あれでも、フルスピードできてくれた
私は、とんでもない処に、きていたんだ

本当に、私はきていた、とんでもない処にきていた

第三部

あの、永い、永い間、ゆるゆると、じりじりと、蠢《うごめ》いていた
実は、私達への食糧運搬車が残してくれた点の軌跡
緑一色の丘の上の風景
ふとエンヂンが止ったのではと心配だった
見えたり、見えなかったり、だった
沈んでいるかの様にも、消えかけたかの様でもあった
あの時のクニャクニャの曲線は、その後の、私の大事の度に浮んできて
そっくり、その儘《まま》、この胸を、その儘《まま》、締めつける
だからなんだ、あの遠い朝の、この瞼《まぶた》に、貼り附いた
あの小さい黒点も、虫も、翳も、その残像の軌跡も

私の、この辺り、から、はずれようはない
消え果てようもない

第四部

無事に駐屯、警備、井戸掘り、全部終了
帰営したら、ノモンハン本部は散々
夥しい戦死と退却の後の補充要員として
激戦場も真っ只中の将軍廟への転属増派
倖い弾丸には当らなかったが
早速、疲労困憊の挙句の肺病は高熱だった

あれからは、陸軍病院を転々、少しずつ
南下して、黒点は病院船に乗った
最後は、宮崎の傷夷軍人療養所

また、また、第二次世界大戦に突入していたけど
軍需会社勤めのさなか、再び胸が暴発
今度は敵国開発のストマイの新薬で……
（そう云えば、残念ながら、父は早世してたけれど
あの馬鹿な強制疎開も知らず、却って幸せだった）

軍需会社で、組合も作り、会社の云う儘《まま》
人員整理も、した、したんだ

何《なに》や彼《か》や、思いどおりには、ならなかった

口惜しいけれど、鉄の端くれ企業で、見事に倒産
その後のことは云うに堪えない

脳梗塞で死にかけたり、胃も切った

不思議に命永らえて、とも云うべきか
あの時の薄黒い、虫みたいな奴は
結婚もして、子供も増えていた

腹は、いつも減ってたし
ひどい闇の世界を浮き沈みしていた

第五部

ああ、もう一度、往けないだろうか
覗いてみるだけでも

あの大空、あの波打つ緑の草原

あの、白一色の湖の、あの辺りの草原の
どこかに、汗ぐっしょり、若い昔の私が
横たわってる

点か、虫かは、今、日本の横浜だ

浅井戸の水は、なお滾々《こんこん》と湧き続けているか
加木舎冷《チャムスル》よ、いつまでも、元気で。

実は……

あの時、私の頬をかすめて吹き過ぎていった
ほんの一握りの涼風が、君が着替えていた
Tシャツの右の袖のなか、つまり君の逞しい
片方の腋の下に、すーっと潜《もぐ》り込んでいった
とばかり思い込んでいたのだが……
あの教練の時間に移る直前、君がキッチリと
巻きつけていたゲートルの律儀な筒状の皮の
奥に、確かに畳み込まれていったと記憶している
私の、私だけの独りでの呟きの低声《こごえ》の一部……

いや、何や彼やの時だったよ、それこそ、私が
私以外の何ものでもない私だけの破片《かけら》の幾つかを

君の制服のポケットの綿屑の底の方に
君の鞄の隅に潜り込ませていたに違いないと
思っているのだが……
黄葉《もみじ》したポプラの葉っぱを透かしていた太陽の
光の明るさに無限の楽観も夢も覗いていた
校庭の午後のこと……
随分と昔のこと……
……そんな昔の微風も、呟きも、色々なことも
今更戻ってくる筈がないのは分かっているくせに……
何となく、今日も、いそいそと出掛けかけている私

実は……
久し振りの中学時代の同窓会案内状に釣られ
出掛けかけている私……。

望郷　祇園祭、ほか

夏も最中、祇園囃子《ばやし》のさざめきや
父母《たらちね》ともに、まします思ほゆ

お祇園の鉦《かね》や太鼓も、響き交《か》う
中津、夜更けの町灯りはや

山車《だし》曳きの勇み競いし若きらは
戦《いくさ》に征きて、還らざる多し

真夏夜更け、祇園囃子の遠《とお》の音《ね》は
博多町筋、魚町辺り

ひとり、ふたり、と、かの満州に移りける
町内の娘《こ》ら、如何なりけむ

故I君の御霊に捧げる

I君
君は
君だけの　世界は
突如　宇宙の裏側に
飛び散って　消えて
もう　見えない

あんなにも　聡明な
あんなにも　努力した
君は
輝くばかりの夥《おびただ》しい結晶を
余さず　持ち去って逝った

同じ故里の　小さい町の
あの雑踏と匂いのなかを駆け廻って
幼稚園から中学校まで　一緒だった
戦争《たたかい》に狩り出されて苦労したのも
結核を患って悩んだのも
乱世を潜り抜けて来たものの同類項

どうやら　こうやら生き延びて
いつしか
どちらも　東京に出て来ていた

あれこれと、君にでなければ
確めようもないことが、幾つもあったのに
君も、俺にだけ
詳しく話せることが残っていた筈なのに

Ⅰ君

君は
俺の世界からも、大切なものを
断わりもなく、持っていって終《しま》ったぞ
ふりさけみる
現《うつ》し世の秋天《あきぞら》は
今日も　果てしなく
蒼いばかりだよ……。

「確実」

あの日
昭和十七年の年末の夕暮
療養所から休暇を貰って帰郷した
わたくしは
「確実」に
父に
告げた

今度
内科の傷痍軍人記章を、交付されたので
もう二度と
再び

召集令状が来ることは
「確実」に、無い筈だと

父は、わたくしから顔をそむけて
「本当かね」と呟きながら
かすかな笑みを浮べていた

父は、「確実」に
わたくし一人の、父であった
わたくしは、唯一人の息子であった
世界で、唯一組の父子であった

永い間の道楽息子が
たった「一度」の
「親孝行」

本当に
たった一つの
「確実」であった……。

待っている

待っている
妻とし二人、受診室の布製の長椅子で
じっと待っている

四週間に一回の、退院後の定期検診を受けなければならないので
受付のマイクが、私の名前を呼ぶのを
先刻から耳を澄まして待っているのだ

私共は待っている
前の人の検診が終るのを待って
医師が私の名前を呼ぶのを待っている
私は、私の症状の変化を訴えなければならない

医師は、症状の変化に応じて、投薬を変更しなければならない

私共は待っている
処方箋の配給を待っている
階下の薬剤室から四週間分の薬を貰って
毎日、私は誠実に飲み続けなければならないから

私共は待っている
薬剤室の掲示板の液晶数字が、私の待機番号を
表示するのを、じっと待っている

やっと、待ち続けた病院の手続きは、これで終り
誰を恨むこともないのだ
医師、看護婦の無勢に対して、患者は山程いるのだから

近頃の新聞記事は、分らないことばかりで

書いている人も分らないまま書いているのではなかろうか？
ゴルビーが沈没しそうだし
ソ連が消えて終《しま》いそうだし
一方、アメリカのG・Mが分解しそうだし
日本では、株屋の恥知らず共が損失を出したからと云って
知らぬ顔で政府から補塡して貰っていたり
奇妙にシンメトリックな退行現象が連続しているばかり

待っている
待たねばならないのだ
私は、十月革命の翌月に生れた、それにしても
私の歴史を全部書き換えられる筈もない

待っている
私は、この脳梗塞の後遺症を克服して

もっと長生きして見定めたいと思う
もう少し分り良い世の中にならないだろうか？
もっと何も彼もバランスのとれた、よく見える
光線の明るい風景が現われないだろうか？

よくしゃべれない
体は弱くなる
年はとるばかり
もっと、もっと生き延びて
はっきり、この世の中を眺めたいのだ

待っている
じっと生きるということは、どうやら、じっと
待つということであるらしい……。

己だけの物語

人は、己だけの物語を
己にだけ物語りながら、歩いている

己だけの物語だけど
己だけの夢と、己だけの時間との
ややこしい掛け算を絵模様に写して
器用に織り上げるなんて、できっこないから

どうせ勘違いも、気おくれも
あちらこちらに縒《よ》り合せられて終《しま》うから

ましてや、物語そのものが

勝手気儘《まま》に、自動的に
解《ほぐ》れ始めるかも知れないのに

人は、あやふやな物語の締め括りの行方に
少しは気付いているのかも知れないが
己にだけ、ぶつぶつと物語りながら
長い長い、一本道を
逃げるように足早に歩いていく……。

落されもの、落しもの

久し振りの帰郷でも、憶えある、人、人
幼い日々の、隠し事、恥らい、云い損ない
云い忘れ、ほんの一瞬の手前勝手な云い訳や
尚更、嘘を重ねそうになりそうで……
（みんな、どこに散っていったやら……）
知ってか知らずでか、その分、私を落してた

ロシア革命と、私の誕生は
殆ど、同じ頃
大張り切りで、一緒に併走していたのに
どちらも、落し、落されもの、も、拾わず
北満帰りの、肺患傷痍兵は

大戦中の田舎の軍需工場で、胸部またも大暴発
占領軍が流した闇値の、ストマイを注射

命なりけり、昭和の山の辺
伝い歩き通しの、踏み外しかけて計りの

強制疎開とかで、故里の町も実家も壊滅
降伏の数日前のこと、あんなにも多数の
あんなにも純情な人民の犠牲は、何の為
今日も、まだ何処かで、戦争と難民が

転がされ、躓《つまず》き、突き落とされて這いつくばり
抱えられたり、ボケるばかりの昔もん。

戦友高相太朗君を悼む

わたしが
お参りしなければならない
北のお山がある

横手の山だ
横手の頂上に
「志賀高原観光ホテル」がある

ホテルの前の谷底に
「高相」を名乗る同姓ばかりの小部落が、あるらしい
高相君は、そこに眠っている筈

高相とは
北満で胸を病んで
最後の都城陸軍病院まで、一緒だった
日本で最初の木造本格ホテル
その最新式ボイラーの、初代のボイラーマンが
彼の亡兄だったことが、彼の自慢の種子《たね》であった
そのホテルのレトロな全景写真を
何度も彼のアルバムで見せられていた

わたしがその後、娑婆に戻って、旅行の途次
あのホテルの前を通って、びっくりした
「志賀高原観光ホテル」であった

あわてて飛び込んだ、ホテルのマネージャーから
さっきの小部落の話を聞いて

二度、びっくりした

都城で一別以来、六十有余年
わたしが彼の在所と墓所を知って
すでに三十年

わたしは、九州生れ
冬の雪上スポーツを知らない
まして、信州はだだっ広い

無理ばかりの、連絡不十分な仕業が
今となっては取り返しのつかない不都合至極になった

もうわたしは
病気で遠くへは動けない

高相君よ、寒いだろう、雪の中
高相君よ、冷たいだろう、雪の底

夜明けは、寒い
明け方には、もの凄く冷たい
私も、凍てついてしまいそうだ

いつか、二人でゆっくり、話ができそうなのは
どうせ寒い山の上の、寒かった北満の話だろう……。

「利いちゃん」ゆっくり、眠れ

「利いちゃん」よ、お前は、何でそんなに
先を急いだんだ
電話で、風邪が半年程、治らないなんて
医者にと云ったら、清瀬の療養所が
うしろだと笑い飛ばしていたが……
在京の同級生は、みんな、お前が
看取ってくれると、信じ込んでいたのに
陸上競技部のエリートだった、お前だもの

俺は今、困っている、本当に困っている
田舎の中学に入ったら、隣の机から
痩せ顔の美少年が、笑いかけてきた

学区が違っていて、初顔だった
あれ以来だよ

一本気な、男だったなあ

清瀬の竹丘、障害者用の授産所をと思い付いたら
忽《たちま》ち実現、その経営に奔走したり
一人で中津に帰っては
同級全員の物故者の合同法要を敢行、みんな驚かされた
もう三年前の、ことだったなあ
例のシベリヤのラーゲルで、ソ連の思想教育を
頑固に拒否してた、お前を
同級生の高橋が苦心惨憺、偽装転向させて
一緒に無事帰国した（あれは、僕ら仲間の涙の語り草）

遥か大正デモクラシーの、仄かな温もりの中で育って
あの大動乱の、あの大チョンボの昭和の真っ只中を
強行突破して大股で、スタスタと平成の暗闇を潜り抜け
丘の向うに駆け込んで終《しま》った、お前
江戸に江戸っ子、博多に博多っ子ならば
お前は、中津の中津っ子、だった

永い、永い、交際《つきあい》だった
細いブルーの、鉢巻きを背まで垂らして
トラックを走っていた君は、格好よかったぞ
俺は、図画教室で唄いながらデッサン

俺は今、困っている、本当に困ってる

あの頃の、あの先生の仕草
お宮裏の、石橋の曲がり具合

当時の中津の町の夜景
あちこちの、美少女たちの面影、等々
お前と一緒に
ファインダーを
覗けなくなったぞ

俺は今、困ってる、本当に困ってる
お前から電話の、元気な声が聞けないのが

こたえているぞ……。

満更でも無い

もう、春も近い、或る早朝、夢を見た
目覚めの、直前だった

一葉の写真、小さい紅色の椿、一輪
「侘助《わびすけ》」と呼ぶそうな！

胸に響いた
ダダ、ダァン
「運命交響曲」だったのは知っていた

侘助なんて……
誰が名付けたのか

にんげん、人間って。

だったんだ

後ろは、流れた、過ぎた
見返ると
なかながと、ほそぼそと

焦っても、身震いしても
どうにも、ならない
溺れかけてる
くやんでも、くやんでも
やり直しは、きかない
横着千万な、擦れ違い、不義理などなど
いつの日、どうしてだかの
巡り逢い、別れ……

そんな繰り返しの積み重ね積み重ね
だった、だった
だったんだ
ながながと、ほそぼそと。

幼名

只今、故郷の友達から
久し振りの、便りがあった
幼稚園から中学五年まで
思えば、十二年間、一緒の
二人から、であった

一寸《ちょっと》した用事での、ことだったが
どちらも
一人は二度
もう一人は一度
手紙のなかに
「傳ちゃん」と私の子供のときの

幼名を、三度も書いて、呉れていた

途端に、私の目蓋の中で
上の方に、故郷の夜空の灯りが拡がった
どこかの町の、果物屋や本屋や呉服屋などの
品々の、明るい色や匂いまで
思い出された、蘇った

（初めて、絵の具を箱ごと買って貰って
一度に、全部のチュウブを散らばして終《しま》った時
栓を抜かずとも、赤や青や黄や緑などの転がっていた
あの美しさ、あの明るさ、あの混り合いそうな艶っぽさ
あの一瞬の心からの嬉しさは、その後でも変らない）

幼い頃の、あの頃の、過ぎし頃の
あの嬉しさよ

本屋さんの
果物屋さんの
呉服屋さんの
色々の、かたちや
お店の電気の灯りや
忽ち、私の頭の上に、中に
拡がっていったよ

あの頃は、何《なに》も彼《か》も、すべてが
足りていた
夜空に店灯りも映えて
明るかった、広かった

心が、より高く、天に昇っていった。

呻《うめ》き

住専
オウム真理教
薬害エイズ
大震災
「いじめ」で少年、少女達の自殺など
新聞記事の見出しを並べるだけだが
こんな並べものは、詩にもなるまい

胸が、全身が、呻いてる
日本が、爆発しそうだ。

擦れ違い

擦れ違い、とは後で分るんだ
知らない儘《まま》、前もってなんて
それこそ、無理と云うもの

運命なんて、誰かが云ってるけど

こんなことって、あるんだ
今は遠い北満の、私の中隊の兵営の中廊下
靴箱の仕切り板に私の名札が残っていたらしい
故郷で幼稚園から中学五年まで一緒の友が
一年遅れで、召集をくって来て
びっくりしたらしい、私は入院してたのに

これは、中廊下での、擦れ違い

私は、看護婦さんに、恋してたのに
何も、云わずに帰国して終った
これは、憶病な、擦れ違い

戦病兵は、第二次大戦に往かず終《じま》い
こんな申し訳ない擦れ違い、もあったんだ

出逢ったり、生半可に別れたり
中途半端なことばかり

こんなことばかりの、繰り返し、繰り返し

友も、知人も、家族さえ
ましてや、世間だって
今まで私は、何で生きてきたのだ

私の
次の、私
その次の
私

それは、誰なのか
もう、そろそろ
八十五歳になりかけてる
私の擦れ違いはどこにゆく。

詩とは

(詩) とは、何で、あるのか？
(詩) とは、(詩) である
(詩) は、(詩) 以外の何物でもない筈

私は、何故、(詩) みたいなものを書くのか
どんなものを、(詩) と呼んでいるのか
実は、私は、何も解っては、いない
なのに、私は、(詩) かも知れないものを書く

(詩) とは、不思議な魔物
(詩) と云う一字に魅せられて、捕まって
(詩) から、私、逃げられず、逭《のが》れられず

私は、私が勝手に思い込んでるとおり
（詩）かも知れないものに、焦がれて
断崖ぎりぎりの、ぎりぎりにまで
私、ギリ、ギリの（言葉）をよじ登らせてる

とにも、かくにも、傘寿間近の私の余生
毎日、毎日、ギリギリに生きている
何時も、何時も、ギリギリの（言葉）捜して
（詩）らしい、（詩）かも知れない
何処かの、跳び込み口を、嗅ぎ廻って
キリキリ舞いしながら、あちらこちらを。

モアイの向うの

(思い出) なんて、甘美な物じゃ無い
(記憶) なんて、透明な物じゃ無い
(残像) なんて、モノクロの物じゃ無い
(残像) と (残像) の二乗でも、まだ足り無い
(残像) の、無限乗と云えば良いのか

南太平洋は、イースター島の巨石像の
列の向うの、薄黒い海鼠《なまこ》みたいに

蹲《うずくま》っている塊の、それらの向うの
全く無表情な、小像の、その波の、あちら

あの、私の中のイースター島は
暗くもなければ、明るくも無い
仄白い牛乳が蒸発してるみたいな
薄明の、おぼろな、あの累々たる

見えている、見え隠れし、見えて
誰かと誰かと私も、一列に並んで無いか
流々転生の昔々の、その昔の残骸の
いや、形骸に過ぎない、違い無い。

もっと、もっと

何故、ちょっぴりだけ、向きを変えないの
も少し横に、体を捩《よじ》らせたらどうなのか
一寸《ちょっと》、指折り数えたら何年前か、分かる筈
誰も知らない、あの刻も、処も

覚えている筈、よく見える筈

怖いんだろう、照れくさいんだろう

あれは何年前だろう、いつ頃だったなんて
あれは
あれは

郵便はがき

恐縮ですが
切手を貼っ
てお出しく
ださい

1 6 0 - 0 0 2 2

東京都新宿区
新宿1－10－1

(株) 文芸社

ご愛読者カード係行

書　名				
お買上 書店名	都道　府県　　市区　郡　　書店			
ふりがな お名前			大正 昭和 平成　年生　歳	
ふりがな ご住所	□□□-□□□□			性別 男・女
お電話 番　号	（書籍ご注文の際に必要です）	ご職業		

お買い求めの動機

1. 書店店頭で見て　2. 小社の目録を見て　3. 人にすすめられて
4. 新聞広告、雑誌記事、書評を見て（新聞、雑誌名　　　　）

上の質問に1.と答えられた方の直接的な動機

1. タイトル　2. 著者　3. 目次　4. カバーデザイン　5. 帯　6. その他（　　　）

ご購読新聞　　　新聞	ご購読雑誌

文芸社の本をお買い求めいただき誠にありがとうございます。
この愛読者カードは今後の小社出版の企画およびイベント等の資料として役立たせていただきます。

本書についてのご意見、ご感想をお聞かせください。
① 内容について

② カバー、タイトルについて

今後、とりあげてほしいテーマを掲げてください。

最近読んでおもしろかった本と、その理由をお聞かせください。

ご自分の研究成果やお考えを出版してみたいというお気持ちはありますか。
ある　　ない　　内容・テーマ（　　　　　　　　　　）

「ある」場合、小社から出版のご案内を希望されますか。
する　　しない

ご協力ありがとうございました。

〈ブックサービスのご案内〉
小社書籍の直接販売を料金着払いの宅急便サービスにて承っております。ご購入希望がございましたら下の欄に書名と冊数をお書きの上ご返送ください。　（送料１回210円）

ご注文書名	冊数	ご注文書名	冊数
	冊		冊
	冊		冊

と、真夜中、布団の中で
ほんの少しばかり数えかけるけど
あれは、あれは、あれは?
と、ばっかり、順を逐《お》えば、逐える筈
どうして、もっと詳細に考えないんだ
遠くなるばかりだよ
歳老いていくと、益々、こんなのか?
誤魔化せるものか、やってみろ。

別れ

何人と、出逢って、きたか
何人と、別れて、きたか

ちゃんとちゃんと、挨拶したか
お別れした時の、あの刹那の
お顔も、眼差しも、あの方の姿勢も
覚えているか、ハッキリ想い出せるか

もどかしい、ああ、本当に、もどかしい
お前、馬鹿じゃないのか

あの時のことは、あのことだけは
お前さん、忘れてはならないんだよ
お前、死んでも、俺は忘れない　と
呟いていたのに、誓っていたのに

お前、どうかしている

何人と、出逢ったか
誰、誰と、別れたか。

「限界」――「ぎりぎり」なんて

「ぎりぎり」なんて
何を云うのか
「ぎりぎり」の、その向うには
その向うには
何が、あるのだろう

私には、「限界」以上の、何も見えない
つまり、「ぎりぎり」以上の処には往けない

往けない処に、何があろう

詩には、書けないんだ

詩なあんて、拙《つま》らないもの
「限界」「ぎりぎり」とは
「限界」「ぎりぎり」とは。

俺なんて、もう一人は、居ない

いつか、いつの時だったか
俺は、俺の横に、もう一人の、俺が居る
と、考えていた、考えていたことがあった

そんな馬鹿なことが
本気だったのか、だったのだろうか
俺は、昔も、今も、今の儘《まま》
俺以上でも、俺以下でも、無い、無いっ

これ以上、馬鹿でも、利口でも、無いっ
況《いわ》んや、立派でも、無い
雨にも風にも、負けて終《しま》う
どうにもならない、弱い、拙《つま》らない奴

人を助けたり、潰したり
助けられたり、一寸《ちょっと》、気取ったり
おろおろ、うろうろ、歩いてきただけ

何処にも、何処にも、俺なんか何処にも
別には、無いっ、無いっ。

何だったのか

今度、また
と、ごく、あっさり、手を振りながら
あっさり、さり、だった

あれから、何十年、あれも、これも
ほとんど、いや、全部に近いけど
二度目の
今度は、絶対無さそう

あれは
あの時は
出会いだった

のか
あれは
あの時は
別れだった
のか
あれは
あれは。

流れとは、言葉とは

言葉とは、何であろうか
考え、とか、思い、とか、が
形に、成ってるのか

言葉以上の、ものなのか、以下のものなのか
何か、に、まとまってるんだろうか
永い、永い、時間が経ってる裡《うち》に
私の、何処かに、遠慮しながら、溜ってくるのに
溜ってるのに、不図《ふと》、気付いて
遅いんだよなあ、鈍間《のろま》なんだよなあ
何処かで、とぐろを、巻いてたんだろうに
何処かに、うっすら、浮かんでたんだろうに

気付くのが、遅いっ、間に合わないっ
よく云うじゃないの
言葉にも、思いにも、何かの流れにも
にも、にも、何にでも
「裏」や、それに、「表」まで、あるって
「上っ面」や、「底」までも、あるって
分っちゃねえんだよ、馬鹿なんだよ
神経が、鈍いんだよ、そうだろう。

竟《きょう》

過ぎて去ったことを、覚えている
記憶という
どんな記憶だったか、考える
追憶という、追想という

追憶の、その向うは、その奥は
限りも無く、そんな向うを、奥を
追々憶とか、追々々憶とか
追々想とか、追々々想とか、云うだろうか
記憶の奥や、その裏を、草臥《くたび》れても
ふらふらに成り果てても、死にそうになっても
まだまだ、一生懸命、探してみても

究竟、どうにも、なりません
「過ぎ行く」とは、「過ごし行く」とは
「生きる」とは
こんな　こと　だった。

時間（歳）

歳と云うものは、何処の何奴《どいつ》なのか
ひとりで、勝手に、起《た》ち上って来れるのか

遠路遥々、私の気付かないうちに
たった一人で、歩いてこれるのか

よくも、まあ、まあ
それこそ、こっそり

私は、ちっとも、身動きしなかったのに
（誰かの云いなりには、なっていたかも）

ノモンハンの弾丸にも、当らず
ナガサキ原爆の一年前は故郷に帰っていて
それからは、何処かの獣道を
うろうろ、うろうろしてただけなのに

只今
私の真横に、絶対に離れてやりはしないと
八十五に近い、歳、と云う奴が
杖に縋って、しっかりと
寄り添って、突っ立って居やがる。

貧しき町

夜を擣《う》っている万戸の声、絶え間もない
大昔の、長安の都の
とある、坊の端っこの
郊外の夜空高く
月が昇っていく

ルオーのクリストが、行《ゆ》き擦《ず》りの子供二人と
みすぼらしい家並の泥んこ道を
よたよたと、歩んでいる様子

　最早か
月は、天心

蕪村が、のこのこ従いてきてる
　お互いに、少しずつ離れて……
李白も、子夜も、ルオーも
クリスト、蕪村も、みんな

ずーっと遥か、彼方から、この私まで
ゆるゆる、ぞろぞろ、と
後ろから、きてる。

（註）
子夜呉歌（李白）
　共に、名詩、句。

貧しき町（蕪村）

（説明不要）

右に感銘せし小生
ブリヂストン美術館に陳列したる
ルオーの、「郊外のクリスト」に触発され
拙作をものしたり。

ぶらんこの歌

窓邊《まどべ》の　黄ばむだ鈴懸の葉つぱのむかふは
國境の山々に　ひとしきり霧が流れてゐた

ひとりの女《ひと》をおもひ起してゐた　その昧爽《よあけ》の
ひそかやな　もろもろの影像と　時間のなかに

……とある旅先の街にみかけた　廣告《ぽすたあ》のうちなる
異國の女《ひと》であつたが……明るくほ、笑みながら
手にしてゐたのは　みも知らぬしろい　まつ白い
花だつた　まつたく清潔な　面顏《をもがほ》で
よにも美しい言葉が　ひらひらと　唇をついて　でさうに
おもはれた

ちかくの谿間《たにあひ》は、はればれしく　みづのこえを
歌つてゐた

私は　しろい花を、優れた眸を、なほも想ひ
みつづけながら　とほい霧の流れへ　私の
若いぶらんこを　とばしてゐた　搖すぶつてゐた。

年少時代のかたみに　――一九三七年十一月二十一日――

著者プロフィール
井上　傳路（いのうえ でんじ）
本名　井上 傳次
1917年（大正６年）大分県に生まれる
県立中津中学を経て、最終校大分高商

ぶらんこの歌

2003年３月15日　初版第１刷発行

著　者　井上 傳路
発行者　瓜谷 綱延
発行所　株式会社文芸社
〒160-0022 東京都新宿区新宿１－10－１
電話 03-5369-3060（編集）
03-5369-2299（販売）
振替 00190-8-728265

印刷所　株式会社ユニックス

ISBN4-8355-5279-2 C0092